小石狮

熊亮 著绘

天津出版传媒集团

天津人民出版社

我是小镇的守护神。

我 是 小 镇 里 唯 一 的 石 狮 子 。

唯一的守护神。

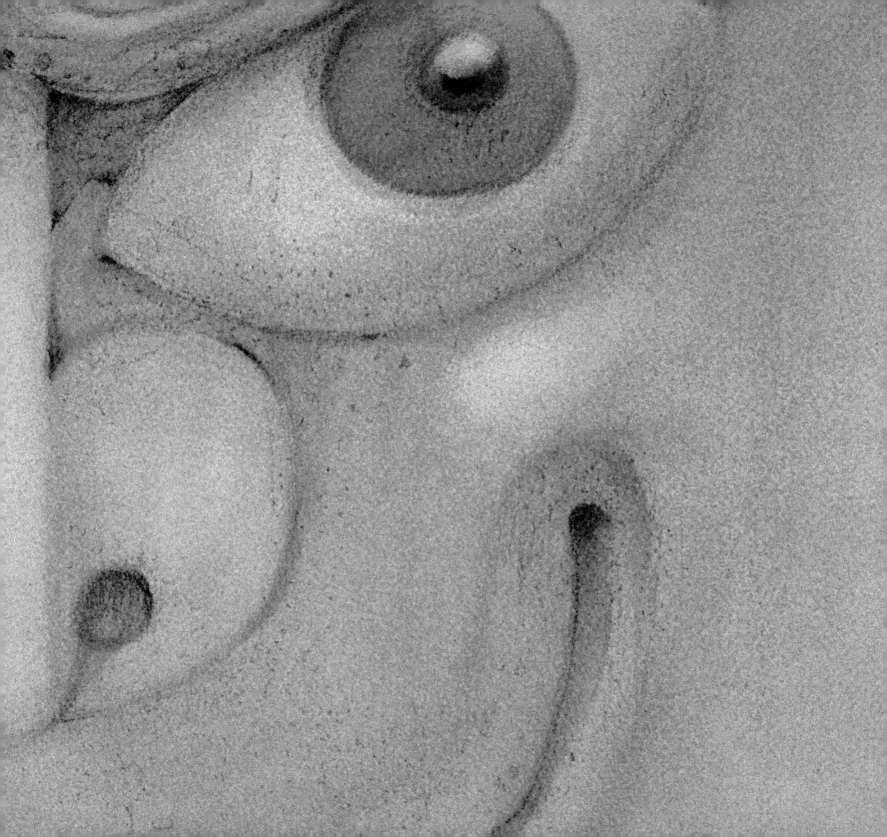

别看我的个子比猫还小，

可我的年纪，比镇里最老的人还要大许多。

大家都很爱我，

过年的时候，也不会忘了我。

走夜路的孩子看到我就会安心。

老人家常摸着我的头叹气，想起了童年的时光。

而我什么都记得，
记得镇上所有的人、所有发生过的事。

孩子们长大了，就会离开……

也许，他们会把我忘记……

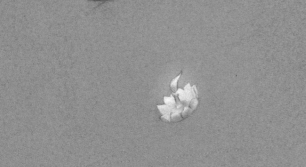

可是，我记得他们，想念他们。

我不会忘记每一个人。

我 是 小 镇 的 石 狮 子 。

熊亮

作家、画家、绘本艺术家。

推动中国原创绘本发展的先锋和导师，作品被翻译和在海外获奖最多的中国绘本代表作者。

第一个在中国提出和推动绘本"纸上戏剧"概念，其绘本立意根源于中国传统文化和东方哲学；画面注重线条和墨色感；

但结构和语言表达却不受传统束缚，现代、简练、纯真，有着独特的幽默感和诗意；

能轻易被孩子、甚至不同文化的读者理解，极富情感表现力。

历年奖项

2005 年　　　《小石狮》获中国时报"开卷"最佳童书。
　　　　　　　台湾诚品书店年度十大好书之一。

2007 年　　　《长坂坡》（猫剧场）获中国时报"开卷"最佳童书，
　　　　　　　获 AYACC 亚洲青年动漫大赛最佳作品奖，获 17 届"金牛杯"美术图书银奖。

2008 年　　　《家树》获台湾"好书大家读"年度最佳童书。
　　　　　　　《荷花回来了》获"中国最美的书"。

2011 年　　　《长坂坡》（猫剧场）获第七届中国国际动漫节"金猴奖"，
　　　　　　　获中国漫画作品大奖和最佳漫画形象奖两项大奖。

2012 年　　　《武松打虎》（猫剧场）入选"中国幼儿基础阅读书目"。

2014 年　　　获国际安徒生插画奖中国区提名。

熊亮·中国绘本

《和风一起散步》

《小石狮》

《兔儿爷》

《灶王爷》

《小年兽》

《屠龙族》

《武松打虎》

《长坂坡》

《梅雨怪》

《金刚师》

小石狮

产品统筹｜应　凡　　产品经理｜茅　懋

封面设计｜董歆昱　　内文制作｜王　雪

后期制作｜白咏明　　媒介经理｜景诗佳

责任印制｜梁拥军　　出　品　人｜路金波

新浪微博：@果麦文化　　微信公众号：果麦文化

谢谢。您选择的是一本果麦图书

诚邀关注"果麦文化"微信公众号

图书在版编目（CIP）数据

小石狮 / 熊亮著绘 . -- 天津：天津人民出版社，
2016.12
ISBN 978-7-201-11041-7

Ⅰ.①小… Ⅱ.①熊… Ⅲ.①儿童故事－图画故事－
中国－当代 Ⅳ.①I287.8

中国版本图书馆CIP数据核字（2016）第271316号

小石狮
XIAO SHI SHI

出　　　版　天津人民出版社
出　版　人　黄　沛
地　　　址　天津市和平区西康路35号康岳大厦
邮 政 编 码　300051
邮 购 电 话　022-23332469
网　　　址　http://www.tjrmcbs.com
电 子 信 箱　tjrmcbs@126.com

产 品 统 筹　应　凡
产 品 经 理　茅　懋
责 任 编 辑　张　璐
封 面 设 计　董歆昱

制 版 印 刷　北京尚唐印刷包装有限公司
经　　　销　新华书店
开　　　本　710×1000毫米　1/12
印　　　张　2⅔
印　　　数　1-14,000
插　　　页　4
字　　　数　50千字
版 次 印 次　2016年12月第1版　2016年12月第1次印刷
定　　　价　39.80元